片瀬

Suga Mio

菅 美緒句集

ふらんす堂

目次

句集　片瀬

二〇一六年

朝東風や神木の根に米と塩

口笛の近づいて来る春氷

ブギウギを奏づる二胡や地虫出づ

一皿は鱵《さより》のマリネ誕生日

くろぐろと梵字の形《なり》に蝌蚪の群

藻を吸ふときおたまじやくしの尾がとまる

遠蛙蔵の二階に書を開き
白藤をあふぎて岩田帯受けに

土牢にうぐひすの朝来たりけり

緑濃きこの草の芽は蛇苺

たんぽぽの絮とぶ亀は首を立て

衣更へてバスのいちばん前の席

浮かび出てひらり蠑螈《ゐもり》の尾が赤し

水口に白木の杭や田水張る

咲き残る泰山木や沖縄忌

曇天のどんと降り出せ行々子

生国を舞子に問ひぬ川床料理

池一つ調度を置かぬ夏座敷

虫喞へ土用雀の低く飛ぶ

藍甕の蓋開けてあり土用東風

行々子の声に明けゆく日本海

手庇にうすうすと佐渡夏燕

良寛も摘みしとおもふ草苺

死ぬときは死ぬるがよろしほととぎす

榠樝の香立つ旅鞄開けるたび

柿干して籠の熟柿を売つてをり

2016

百匁柿干す武田領水鳴つて

夕月を上げ山国の柿すだれ

邯鄲に坐りてをればまたひとり

竜淵に潜み坐禅に適ふ石

腹這ひに短かき旅信水の秋

宿裏の沢音高し星月夜

汀女忌の今朝たつぷりと化粧水

銀杏散る道路工事の男らに

ふはふはの土をすくへば霜柱

万太郎の句碑のひらがな冬桜

急降下のあれは鵟《のすり》ぞ湖の国

人を待つ人を見てをり漱石忌

木曽谷の晴れて大綿ぽつたりと

落葉道夫とは違ふ背中見え

船笛や地球まろしと日向ぼこ

27　　2016

二〇一七年

初湯浴みぽあんと乳房浮きにけり

阿修羅の写真あなたの写真春を待つ

指に押す両の顳顬《こめかみ》牡丹の芽

梅仰ぐ人の眼鏡の光りけり

お涅槃のふつくら長き足の指

お御足に女縋れる涅槃絵図

33　2017

三月三日夫の十三回忌

かの時もいまも紅梅満開に

箒目や屋敷神にも雛の餅

白子干す頬につめたき風のあり

自転車で来て買ひゆける生白子

鐘楼の裏ひろびろと蕗のたう
ミモザ咲く路地を抜けゆく人力車

青空に囀りの尾の動きけり

指先にかすかな痺れ薔薇芽吹く

門前にオルゴール館春帽子

永き日や香炉の灰の均さるる

首振つてお蚕さんの垂れ目かな

これはこれは雄花散り敷く大銀杏

潮傷みしてほろほろと春落葉

経絡のどこか狂へる木の芽どき

下り立ちて残雪の山啄木忌

山の名の一つに地蔵桃の花

麦秋や丸太の梁の農具小屋

「避難場所」の看板烏麦の中

枸橘《からたち》に大きくひらき瑠璃揚羽

降つて来さうとつぶやく声や柿の花

在五忌の真竹ほつそり皮を脱ぐ

梅雨に死す尻つややかに雀蜂

泰山木咲いて御苑の雨上り

椎咲くや漱石の鬱われの鬱

若葉冷え閻魔の忿怒いただきに

袋掛笛吹川の光かな

昼寝覚病室といふ白き箱

脊柱管狭窄症手術

夏雲や耐ふるべく息ふーつと吐く

臥す窓に暁の明星巴里祭

人来ては井水にかがみ広島忌

秋に入る予後百薬の長すこし

あれこれの木に青き実や処暑の山

寝待月わが枕辺の子規に似て

秋澄むや糸切り鋏よく切れて

秋の蛇尺八の音のどこよりか

るるるると流るるる水やじゆずこ玉

鶏頭や温《うん》気《き》動かぬきのふけふ
山城の跡の土塁や薬掘る

ショベルカー銀杏散る土摑みけり

口紅のケースに鏡芒原

足裏にあたまのつぼや鳥渡る

冬に入る血管太き馬の尻

青空やふくらんでゐる冬芒

九条葱刻みて朝の卵とぢ

冬耕や一人は畑の屑を焚き

拭ひをる小さき嘴冬桜

ベランダの光る窓々干布団

どつと着く大根の荷や漬物屋

2017

二〇一八年

一月三十日大峯あきら先生急逝

弥陀仏の不意のお招き寒の月

寒木の精気たちたる御苑かな

パン屑にもみ合ふ鯉や日脚伸ぶ

「日射より風が大事よ」白子干す

暁闇の身ぬちに微熱猫の恋

熱に臥しがまん・しんぼう・蕗のたう

切り呉れしミモザを抱へ誕生日

白鯉にうす紅の透くお中日

摘む人に田芹泥ごと貰ひけり

紅梅を前白梅の下に酌む

春一番アラビア文字の貨物船

義経と呼ばるる猫や花蓆

爪先をたつぷり濡らし青き踏む

雲雀野や列車短かき相模線

草原を膝の分けゆく端午かな

薬の日土塊を踏み木の根踏み

虫呑みし舌を盛んに蜥蜴の子

供花なくて寸心居士に青葉染む

寸心居士＝西田幾多郎の墓碑銘

夏空や高き足場に足動き

手の甲に知らぬ切り傷昼寝覚

湖風のややつめたくて桐の花

みづうみに足洗ひをり花みかん

浜昼顔竹生島より波の寄る

伊吹嶺の見えゐて迷ひ麦の秋

麦刈りの最中《さなか》の湖北観世音

地酒買ふ北国街道夏燕

薬師堂に塗師《ぬし》の来てをり草の花

几帳面に張られし紐や大根蒔く

山の水引きある槽《ふね》や西瓜浮く
研ぎたての刃先を入るる西瓜かな

薬医門の奥に水湧く秋の蛇

いぼむしり突進の虻摑みけり

リボン解く快気祝の新走り

満月の風吹いてゐる桂の木

障子貼る湖のむかうに浮御堂

堂守さん小菊あれこれ切つてをり

膝の辺に木の実ころがる野外能

灯火親し時に耳掻きなど使ひ

起上り小法師と我と夜の長し

脈とられ舌を診らるる神の留守

土蔵より椀運ばるる御講凪

舟のやうにゆらぎ朴の葉落ちにけり

岩吸うて鯉の逆立つ小春かな

悴むや手足も脳も日に当てて

池の面も田の面も落葉溜りなる

万両と崖のしづくと光り合ふ

枯野指し「進行」と声運転士

霜柱踏んで青空撮る男

飛鳥大仏畑の冬菜のかがやける

枯木立行くその先に阿修羅像

牡丹鍋師系それぞれ異にして

雪しまき椀に漆を塗り重ね

二〇一九年

初湯して頼みの十趾浮かしをり

浮かび出て光ついばむ春の鳰

受胎告知のやう耳もとに春の鳥

けつたいな貝を入れたり浅蜊籠

特急過ぎ急行過ぎぬ春の月

うぐひすやぼろ蔓宙に引つかかり

泣く声のやがて喚《わめ》くや木の芽山

白藤のはるか高みに山の藤

縁側に座布団一つ遠蛙

蜷の道ふて寝の蜷の傾ぎたり

潮風にまみれ五月の陽にまみれ

花苗植う五月港の花壇かな

幾千の薔薇幾百の人しづか
腰太き水の女神よ薔薇の中

緑蔭やさつきと違ふ木の匂ひ

妙薬はなし夏木立歩くべし

池へ垂れたり松が枝の山楝蛇

睡蓮の陰にどぢよつこ泥煙

遊行寺やトラックに売る夏野菜

笹むらへ尾を収めたる青大将

白南風や波引いてゆく足の裏

教え子Yさん七十歳

章魚捕つて遊び暮してゐる便り

ベランダに鳶の声聞く洗ひ髪

西域の石窟の書を曝しけり

烏麦熟れ踏切の鳴つてをり

老鶯のやんちややな声や虚子の墓

八月の空や横臥の澄雄の目

ひぐらしや何書くでなく墨磨つて

爽涼と河口を上る朝の潮

長堤を銀輪のゆく鰯雲

白波の襲《かさね》の渚野分晴

沖を見る野分名残りの草踏んで

聞き惚れて風のつくつく法師かな

露草のふたごころなき色や濃き

遊行寺

一遍の横顔美男秋の空

秋燕を見送り波に乗る男

手を合はすマリアに乳房秋高し

神無月ワインレッドのピアノ売る

大綿の手の平を這ふ飛鳥寺

化粧用オリーブ油手に近松忌

鴨の水脈見てをり一件落着す

わが干支の猪《ゐ》の焼物と冬籠り

こけしの口の一点の紅冬深し

椙のこゑ聴きつつ炎見てをりぬ

風すさぶ峡や枯葉の無尽蔵

写真の夫連れて枯野の人となる

二〇二〇年

浮標に立ち鵜の羽ひろぐ初景色

風冴ゆる相模の海に富士立ちて

梅探りゐて元禄の仏たち

地袋に父の軸物春を待つ

木の根這ふ崖しろじろと春北風

目を外に向けて電話や春の雪

春の海わが細胞へ光刺せ
合はさつてまだ濡れてゐる桜貝

花散りしやうに貝殻西行忌

春死なば光の粒となり海へ

崖にすみれ岩の窪みにすみれかな

「ケイフン」の袋畑に初音かな

サッカー部の匍匐練習春の浜

春の日や黄金の鯉に白きひれ

永き日の鉄棒に子ら回転す

馬油の缶あり永き日の薬箱

あかときの夏潮を前竹刀振る

トルソーのごと切られたる枝若葉

板の間に柱の映る若葉冷え

草矢打つ少年宇宙船めがけ

上げ潮の河口泰山木の花

電柱を草へ引つ張る蜘蛛の糸

袋角五重塔に雲飛んで

石寄せて火を作りをり鮎の川

苔庭の草取る人に苔称へ

花合歓を抜けゆく蝶の翼かな

竹藪の奥十薬の花明かり

昼顔の五つ六つ浮く小笹かな

鱚釣るや卯の刻の富士うつすらと

炎天の漁網富士壺くつついて

空へ行く一本の道青芒

応へなき木戸や鉄砲百合ひらく

カヌー来る赤シャツ黄シャツ半裸もゐ

ひよいひよいと水の輪投ぐるあめんぼう

立ち泳ぎして海底の藻の怖し

むつと匂ふ畜産農場百日紅

奥多摩や車座に食ふ新豆腐

握り飯に島の藻塩や涼新た

広島忌長崎忌過ぎ法師蟬

新涼や塵取を手に拾ひ掃き

書店なく秋鯵うまき町に住む

ごろ寝して窓いつぱいの鰯雲

小松原抜け一湾の野分だつ
向き向きに野分傷みの萩の花

海の上に暁の半月厄日過ぎ

しんと残暑乾きし物をたたみゐて

草々と吹かれ佳き名の藤袴
日の射してかげりて秋のあめんぼう

草に露松に青々松ふぐり

鐘楼の砂は濡らさず萩の雨

芋の葉のよく翻る日なりけり

秋晴れや黄蝶の足も黄色なる

秋日傘閉ぢ川船の客となる

レストランの裏に流木鳥渡る

突風のあとはさらりと薄の穂
目で数へ石段五十秋気澄む

秋風に跳びついてゐる浜の犬

水族館の裏は海原赤とんぼ

紙敷いて王座としたり大花野

風渡る先の先まで芒原

校舎より刈田へトランペット吹く

特急の過ぎし鉄橋星月夜

鰡飛ぶや朝の半月消えぎえに

シルクロード回想

秋深し玉門関と声にして

大槙へ背筋伸ばしぬ波郷の忌

観音に手を合はせ来て冬桜

冬たんぽぽ富士に三角白帽子

枯草を出て菜畑の蝶となる

駅前にけふ御目見得の焼芋屋

杖が押さへたり飛ばされし冬帽子

庭石は母の遺品よ山茶花も

父に似て鰤が好きさつと焼く

寺宝展のポスター壁に湯豆腐屋

片しぐれと女将の言へる湖北かな

小犬来て我を嗅ぎゆく枯野かな

裸木の枝垂れの奥の観世音

バスタオルふつくら乾き冬至晴れ

煤払ふボードレールも西行も

疫病の除夜に大きな月昇る

大年の山に仏舎利塔灯る

二〇二一年　（一月〜三月）

歯朶添へて一対の松釣船屋

富士晴れて漁網繕ふ三日かな

2021

大揺れの楠や自若の冬銀杏

素心蠟梅はたりと風の止んでをり

白鯉も緋鯉も黒目寒の水

岩窪に寒の草の芽二つ三つ

般若心経冬眠のくちなはに

佐保姫を待つ高空の鳶の声

春立つや雪たつぷりと男富士

短くてまだ白銀の松の芯

遠富士へ古巣掲ぐる欅かな

さるすべりの骨柄や佳し春日燦

耕してあり前庭のひとところ

梅咲くや屋敷稲荷の拭かれをり

熊笹にちちと鳥声涅槃寺

川むかうの工場の空いかのぼり

右手首骨折・手術・入院

春を病み錠剤・散薬・貼り薬

回診の医師の一言あたたかし

丑三つの看護師詰所春灯

リハビリ室の外はそよ風地虫出づ

右の手の我に戻りぬ分葱切る

青饅や雑穀飯に酒すこし

硝子戸を雨粒流れ春の雷

雨上る薬草園の芽吹きかな

大山連峰・富岳・豆州の霞みけり

永き日の地球儀にありゴビ砂漠

三月二十三日、夫在らば八十八歳誕生日

春の海おーいと君を呼んでみる

桜貝集め彼の世へ土産とす

花人となる川風に吹かれ来て

並木の桜黄泉平坂まで何里

朝桜手首の脈のリズムよし

木の芽張るわが身にあたらしき細胞

あとがき

『片瀬』は、『諸鬘《もろかつら》』『洛北』『左京』に続く私の第四句集です。二〇一六年から二〇二一年三月までの句を収めました。

集名「片瀬」は現在の居住地（藤沢市片瀬海岸）から取ったものです。長年住んだ大和市を離れ、二年前に現住所に移転しました。体調不安定のため、娘のそばに来たのです。

この五年の間に身辺に大きな変化がありました。第一は前・「晨」代表の大峯あきら先生が急逝されたことです。「晨」に入れて頂いた十数年前から、しばしば関西の吟行に参加し、又、先生のお寺の報恩講に参加させて頂いて、沢山のたのしい時を過ごさせて頂きました。関西の地に通うことによって、夫を失った心の空虚感を徐々に埋めることが出来たのです。

第二の変化は『左京』出版直後に「航」に入れて頂いたことです。主宰の榎本好宏氏は私が「杉」に入会した頃の編集長であり、居住地も近かったので、長年にわたり、句会を共にし、ひとかたならぬお世話になりました。晩年になって再会しお仲間に入れて頂いたことはこの上ない喜びです。

私自身の居住地が変ったことや、新型コロナのパンデミックという状況の中でメール句会が多くなり、題詠がふえました。仲間の肉声が聞けないことは誠に残念ですが、題詠の面白さを知ったことも事実です。

わずか五年間の句集ではありますが、私の人生の先が見えないこともあり、この辺りで一応句をまとめることに致しました。

四十数年の俳句生活の中で、数知れぬ方々との出会いがあり、ご指導を頂き、それらは何ものにも替えがたい私の宝だと思っております。

残されたいのちの日々にも、何か新しい発見があるのではないかと思いつつ、俳句と共に生きていきたいと思います。私とかかわって下さった多くの皆様に心より感謝申し上げます。

二〇二一（令和三）年四月

菅　美緒

著者略歴

菅　美緒（すが・みを）

本名　増賀美恵子（ますが　みえこ）

1935（昭和10）年３月　京都市に生まれる。

1957（昭和32）年　大学卒業と同時に神奈川県にて教職につく。

1976（昭和51）年　「杉」入会。森澄雄に師事。

1988（昭和63）年　第一句集『諸鬘《もろかつら》』上梓。

1995（平成７）年　定年退職。

2006（平成18）年　「晨」同人参加。

2009（平成21）年　第二句集『洛北』上梓。

2011（平成23）年　「梓」創刊に同人参加。

2012（平成24）年　「杉」退会。

2016（平成28）年　第三句集『左京』上梓。「航」同人参加。

2018（平成30）年　『シリーズ自句自解Ⅱベスト100菅美緒』（ふらんす堂）上梓。

現在「晨」「梓」「航」同人

俳人協会会員

現住所

〒251-0035　神奈川県藤沢市片瀬海岸3-24-10-508

句集　片瀬　かたせ

二〇二一年九月一〇日　初版発行

著　者――菅　美緒

発行人――山岡喜美子

発行所――ふらんす堂

〒182-0002 東京都調布市仙川町一―一五―三八―二F

電　話――〇三（三三二六）九〇六一　FAX〇三（三三二六）六九一九

ホームページ http://furansudo.com/　E-mail info@furansudo.com

振　替――〇〇一七〇―一―一八四一七三

装　幀――君嶋真理子

印刷所――明誠企画㈱

製本所――㈱松　岳　社

定　価――本体二八〇〇円＋税

ISBN978-4-7814-1387-7　C0092　¥2800E